ALFAGUARA

El Superzorro

Roald Dahl

Traducción de Ramón Buckley
Ilustraciones de Horacio Elena

INFANTIL

Título original: *FANTASTIC MR. FOX*
© Del texto: 1970, ROALD DAHL
© De las ilustraciones: 1977, HORACIO ELENA
© De la traducción: 1977, RAMÓN BUCKLEY
© 1977, Ediciones Alfaguara, S. A.
© 1987, Altea, Taurus, Alfaguara, S. A.
© De esta edición:
   1993, Grupo Santillana de Ediciones, S. A.
   Torrelaguna, 60. 28043 Madrid
   Teléfono 91 744 90 60

• Aguilar, Altea, Taurus, Alfaguara, S. A. de Ediciones
  Beazley, 3860. 1437 Buenos Aires

• Aguilar, Altea, Taurus, Alfaguara, S.A. de C.V.
  Avda. Universidad, 767. Col. Del Valle, México D.F. C.P. 03100

•Distribuidora y Editora Aguilar, Altea, Taurus, Alfaguara, S. A.
  Calle 80, nº 10-23. Santafé de Bogotá-Colombia

ISBN: 84-204-4778-1
Depósito legal: M-9.604-1999
Printed in Spain - Impreso en España por
Rógar S. A. Navalcarnero (Madrid)

Primera edición: septiembre 1977
Segunda edición: septiembre 1993
Décimotercera reimpresión: abril 1999

Una editorial del grupo **Santillana** que edita en
España • Argentina • Colombia • Chile • México
EE. UU. • Perú • Portugal • Puerto Rico • Venezuela

Diseño de la colección:
JOSÉ CRESPO, ROSA MARÍN, JESÚS SANZ

Editora:
MARTA HIGUERAS DÍEZ

Impreso sobre papel reciclado
de Papelera Echezarreta, S. A.

El Superzorro

1
Los tres granjeros

Había una vez un valle... y
en el valle tres granjas, y en las granjas, tres granjeros. Tres granjeros bastante feos, por cierto. Y además, antipáticos. Más feos y más antipáticos
que Satanás. Se llamaban Benito, Buñuelo y Bufón.

Bufón tenía pollos en su granja
avícola, cientos y cientos de pollos.
Bufón era gordo como un tonel, de
tanto comer pollo a todas horas: de
desayuno, pollo; de comida, pollo;
de cena... pollo con patatas.

Buñuelo se dedicaba a los patos. Patos y gansos, a miles. Era tripón y bajito, tan bajito que parecía
enano. Se alimentaba de donuts y de

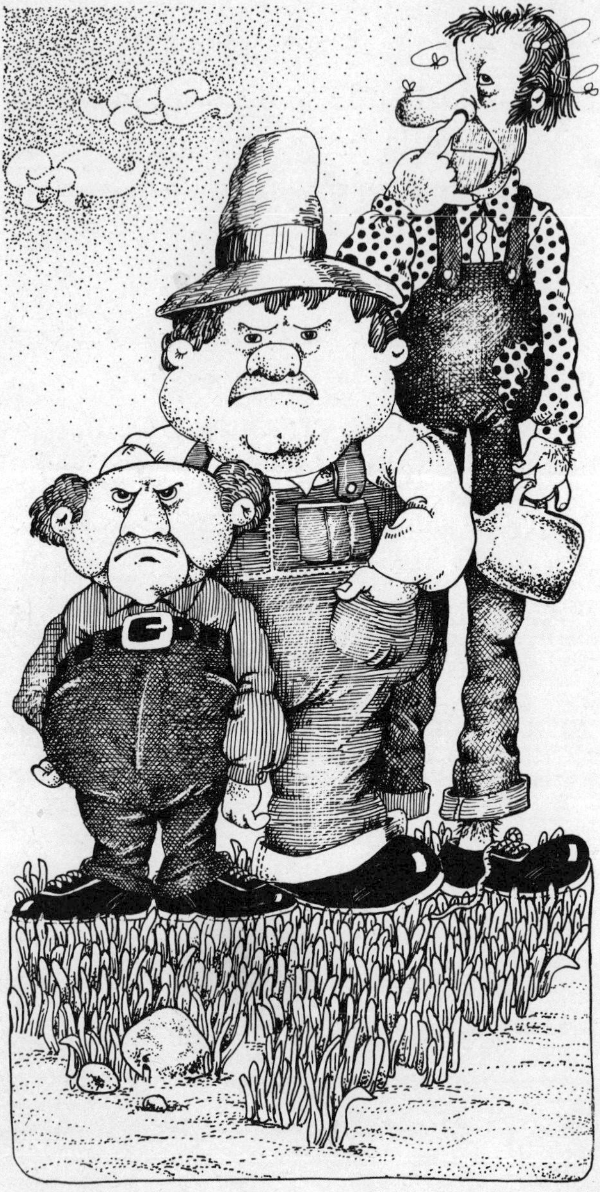

hígado de pato. Primero chafaba el hígado hasta que se hacía pasta y después metía la pasta en el donut. Esta porquería le daba dolor de barriga y se ponía de un humor que no había quien lo aguantara.

Benito se dedicaba por igual a los pavos y a las manzanas. Y os lo podéis imaginar criando miles de pavos, a la sombra de sus enormes manzanos. A éste lo que le pasaba es que no comía nada. Sólo bebía. Bebía litros y litros de sidra, que sacaba de sus manzanas. Y así estaba él de delgado, que parecía un lápiz. Pero eso sí, era el más listo de los tres.

Siempre iban juntos, y en cuanto aparecían, los niños les cantaban:

Benito, Buñuelo, Bufón
Flaquito, pequeño, tripón
Tres grandes bribones,
Sois unos ladrones
Y tenéis todos mal corazón.

2
Don Zorro

Y encima del valle había un bosque... y en el bosque, un árbol enorme, y en el árbol un agujero, una madriguera, que era el hogar de don Zorro, doña Zorra y sus cuatro zorritos.

Y cada tarde, al oscurecer, le decía el señor zorro a su zorrita: «¿Y qué le apetece hoy a mi zorrita? ¿Un sabroso pollo de los que cría Bufón? ¿O quizás un tierno patito de casa Buñuelo? ¿No sería mejor un buen pavo de los de Benito? Pide por esa boquita.» Y la zorrita pedía, y don Zorro se internaba en la espesura del bosque, en busca del botín.

Pronto se enteraron los tres

granjeros de las fechorías de este zorro y antes de que les robara más animales, decidieron ir a por él. Cada noche se escondía uno de ellos en algún sitio oscuro de su granja, para poder pegarle un tiro en cuanto asomara la cabeza.

Pero don Zorro era demasiado listo para ellos. Sólo se acercaba a la granja si el viento soplaba de cara y así, en cuanto olía a algún granjero, daba media vuelta y se marchaba. Se marchaba a la granja del otro granjero, que dormía tranquilamente en su cama. A la mañana siguiente, los tres estaban furiosos:

«¡Hay que matar a este maldito bicho!», decía Benito.

«¡En cuanto le agarre, le retuerzo el pescuezo!», decía Bufón.

«¡Y yo le saco los hígados!», decía Buñuelo.

«Pero ¿cómo demonios le po-

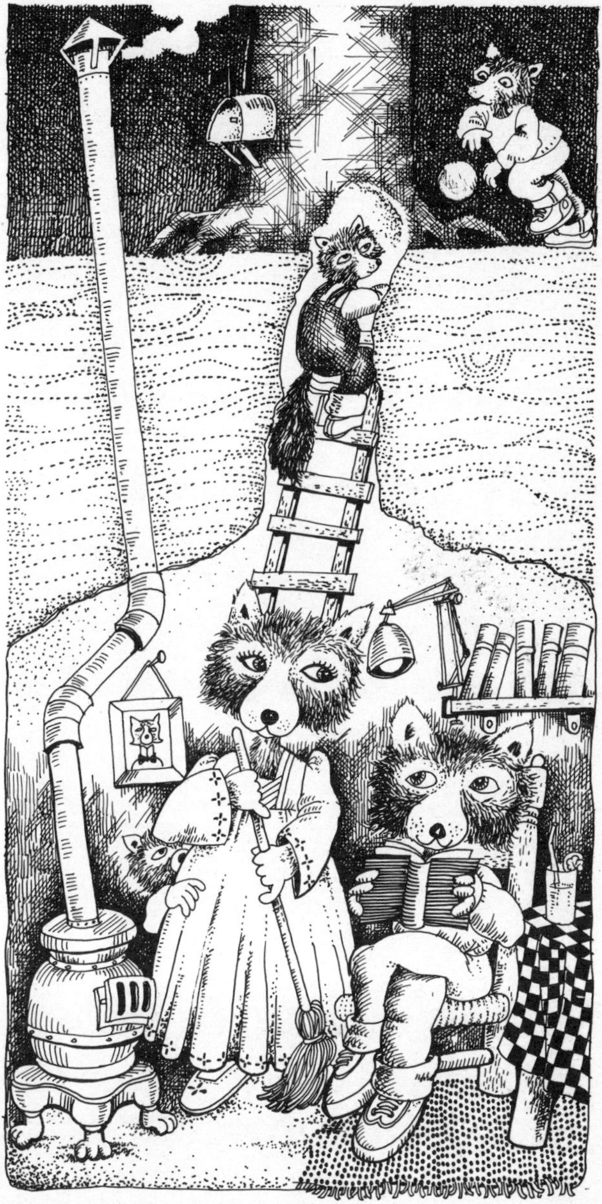

demos agarrar, si es más listo que Lepe?, se preguntaba Bufón.

Benito, que en aquellos momentos se estaba hurgando en la nariz con disimulo, exclamó «¡Tengo una idea!».

«Me extraña», le contestó Buñuelo, que ese día estaba de muy mal humor.

«Calla la boca y escúchame», le dijo Benito. «Mañana por la noche nos esconderemos en el bosque, junto al árbol donde vive el zorro y en cuanto asome... cuatro tiros y listo.»

«Muy inteligente», contestó Bufón. «Lástima que no tengamos las señas del tal señor zorro...»

«Te equivocas, mi querido Bufón», le contestó Benito. «Yo sí las tengo... Escuchadme: en el bosque hay un gran árbol, y en el árbol hay un agujero, y en el agujero una madriguera, y en la madriguera...»

3
La caza

«Cariño», le dijo don Zorro a su señora, ¿qué quieres para cenar?».

«¡Hm...hm... se me antoja un buen pato!», le contestó. «O mejor dos, uno para mí y otro para los niños.»

«Como tú digas, amor», dijo don Zorro, «¡serán de lo mejorcito de Buñuelo!».

«Ten mucho cuidado, corazón», le advirtió la zorra.

«Pero encanto, ¿no ves que con estas narices que tengo a mí no se me escapa nadie? Además, cada uno de esos bribones tiene un olorcillo muy particular... Bufón huele a piel de pollo, pero piel de pollo podrida... Buñuelo, a hígado de ganso.. Y en cuanto a Benito, ése apesta a sidra fermentada...»

«Está bien, está bien», dijo doña Zorra, «pero sobre todo, no te descuides... Ya sabes que te estarán esperando».

«Adiós amor», dijo el buen zorro, «hasta pronto».

Poco se podía imaginar el astuto zorro que en aquellos precisos momentos los tres granjeros se acercaban al agujero de su madriguera, cada uno con una escopeta cargada de cartuchos. Y tenían además la suerte de que el viento soplaba hacia ellos, de forma que el zorro no podía olerlos al salir de su escondrijo. El pobre zorro, sin sospechar nada, se dirigió hacia el largo túnel oscuro que conducía a la salida de su madriguera. Una vez al final, sacó su hermosa cabeza por el agujero del árbol y aspiró el fresco aire de la noche.

Nada, ni rastro de olor. Lentamente, empezó a sacar el cuerpo de dentro del agujero. Al salir, movía su cabeza, olfateando en todas direcciones. Se disponía ya a dirigirse hacia la espesura del bosque cuando le pareció oír un ruido muy leve, parecido al que podría hacer el pie de un hombre al pisar sin querer un montón de hojas secas.

Al oírlo, don Zorro echó cuerpo a tierra y se quedó completamente inmóvil, alargando sus grandes orejas. Escuchaba con gran atención, pero no pudo oír nada más. «Debo de haberme equivocado», pensó entonces, «ese ruido debió ser algún ratón campestre o algún otro bicho parecido».

Y decidió proseguir su camino. El bosque estaba oscuro, y el silencio de la noche era denso, no se oía ni el ruido de una hoja. En el cielo brillaba la redonda luna...

Y justamente en ese momento, sus ojos vieron en la oscuridad de la noche el reflejo metálico de algo que relucía entre los árboles. De nuevo, el zorro se quedó inmóvil. «¿Qué demonios puede ser?», pensaba el raposo, «es algo que se mueve... y ahora sube hacia mí... ¡cielo santo! ¡Es el cañón de una escopeta!». Más veloz que el rayo, don Zorro dio un salto hacia su agujero, al tiempo que todo el bosque se llenaba del ensordecedor ruido de los disparos: ¡Bang! ¡Bang! ¡Bang! ¡Bang!

El humo y el olor de la pólvora flotaban en el aire de la noche. Los tres granjeros, Benito, Buñuelo y Bufón, salieron de sus escondites y se dirigieron al árbol del zorro.

«Pero bueno, ¿le hemos dado o no le hemos dado?», dijo Benito.

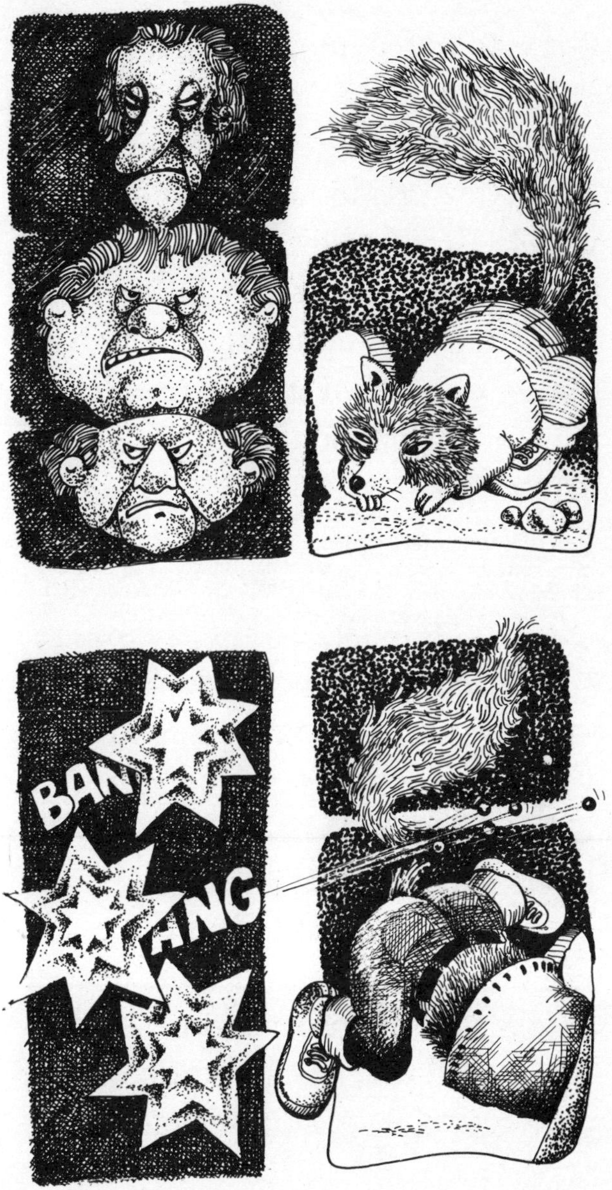
BAN
ANG

Bufón iluminó con su linterna el agujero y allí en el suelo, sucia y cubierta de sangre, vieron... la cola del zorro. Benito la recogió del suelo y exclamó: «¡Maldita sea! ¡Cogimos la cola pero no el zorro!» «¡Rayos y centellas!», gritó Bufón, «disparamos demasiado tarde. Debimos haberle atizado en el momento en que sacó la cabeza».

«Y me parece que no tendrá ninguna prisa en volverla a sacar», concluyó Buñuelo.

«Por lo menos tardará tres días en volver a salir», dijo Benito mientras se tomaba un trago de sidra. «No volverá a asomar hasta que se muera de hambre y yo, desde luego, no espero a que a don Zorro le entre el apetito. Propongo que le saquemos cavando con nuestras palas.»

«De acuerdo», dijo Bufón, «seguro que si nos lo proponemos le sacamos en un par de horas. ¡De aquí no escapa!».

«A lo mejor tiene a toda su familia en este agujero», dijo Buñuelo. «Mejor», exclamó Benito. «Así les mataremos a todos. Vamos a por las palas.»

4
Lás terribles palas

Mientras tanto, en la madriguera, doña zorra atendía amorosamente el trasero de su pobre marido, que se había quedado sin rabo. «¡Lástima de cola!», suspiraba tiernamente la zorra, «¡era la más hermosa de todos estos contornos!».

«Cuidado, ¡que me escuece!», se quejaba su marido.

«Ya sé que te escuece, cariño mío. Pero pronto se te curará.»

«Y te volverá a crecer, papaíto, no te preocupes», dijo un zorrito.

«¡Nunca volverá a crecer!», se lamentaba don Zorro; y añadió con amargura: «¡Seré un pobre zorro sin rabo hasta que me muera!»

No hubo cena para la familia zorra aquella noche. Muy pronto los zorritos estaban dormidos y su mamá no tardó en acompañarles. Sólo don Zorro permanecía despierto, tanto le dolía su trasero sin rabo. «Bueno», pensaba el zorro, «después de todo, tengo suerte de estar vivo. Y ahora que han encontrado nuestra guarida, habrá que mudarse pronto. Si nos quedamos aquí, seguro que no nos dejan en paz... pero ¿qué ha sido ese ruido?» De nuevo alzó la cabeza mientras sus orejas se meneaban. El ruido era... el más espantoso que jamás pueda oír zorro alguno: era el ruido de las palas de los hombres al cavar: kaj... kaj... kaj... en la tierra del escondrijo.

«¡Alerta! ¡Alerta!», gritó don Zorro. «¡Que vienen los granjeros!» La zorra saltó de su cama y se acercó

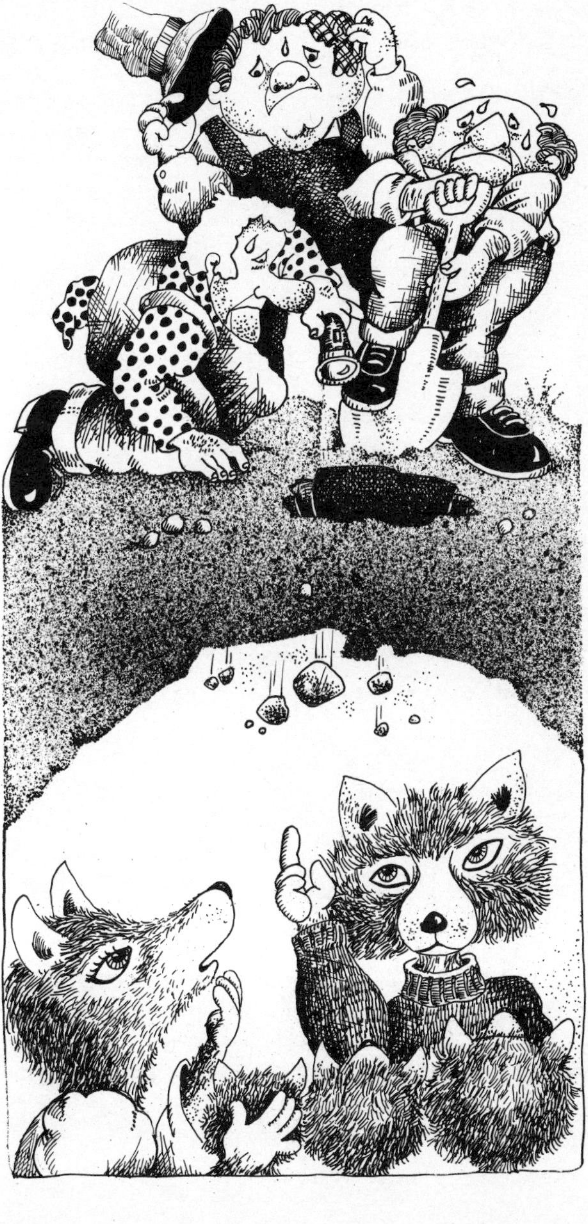

temblando: «¿Estás seguro de que son ellos?», musitó.

«¡Seguro! ¡Seguro! Escucha...»

«Matarán a nuestros hijitos...», gimoteaba doña Zorra.

«¡Eso nunca!», exclamó su marido.

«¡Qué podemos hacer, Dios mío, qué podemos hacer!», suspiraba la zorra. Kraj... kraj... kraj... el ruido de las palas era cada vez más fuerte, hasta que algunas piedras empezaron a caer en el hogar de don Zorro. «Mamá, mamá», gritaba un zorrito, «¿vendrán los perros a matarnos?». Y la mamá, muerta de miedo y de tristeza, lloraba abrazada a sus cuatro zorritos.

De pronto, se oyó un ruido más fuerte que los otros y apareció, por encima de sus cabeza, la afilada punta de una pala. Don Zorro pegó un brinco, como si le hubiera dado un calambre: «¡Ya lo tengo! ¡Ya lo tengo! ¡No hay un momento que perder! ¿Por qué no se me ocurrió antes?»

«¿El qué, papá?», preguntó un zorrito.

«¡Pero si está clarísimo... el zorro es el animal que cava más deprisa del mundo, más deprisa que cualquier animal, más deprisa que el hombre!», gritaba don Zorro, mientras escarbaba con sus pezuñas en la tierra, que volaba en todas direcciones. Al momento, la zorra y los hijitos estaban a su lado, cava que te cava, tan deprisa que ni respiraban.

«¡Hacia abajo! ¡Hacia abajo!», era la voz de mando de don Zorro. «Tenemos que cavar hondo. ¡Hondo, hondo, hasta llegar al infierno, si hace falta!» El túnel crecía y crecía... hacia abajo. Crecía gracias al trabajo de zapa de todos los zorros. Zapa, zapa, zapa... las patas de los zorros se movían a tal velocidad que casi no se

veían. Y así fue disminuyendo el ruido de las palas —kraj... kraj... kraj...—
cada vez más lejos...

Después de una hora, el señor
don Zorro se paró. «¡Alto ya!», man-
dó, y todos se detuvieron. Miraron
hacia arriba, y vieron un largo túnel
que habían excavado. No se oía ningún ruido. «¡Lo conseguimos!», exclamó don Zorro, «¡los hemos burlado!
¡Jamás podrán cavar tan hondo con
sus palas! ¡Buen trabajo, muchachos!»

La señora zorra se sentía muy
orgullosa de su marido: «Niños, quiero que sepáis que si no llega a ser por
vuestro padre, esto no lo contamos...
Ahora sabéis por qué le llaman don
Super-zorro.»

Don Zorro miraba a su esposa
con una gran sonrisa. Porque cada
vez que su mujer le decía estas cosas
a él se le caía la baba.

5
Los terribles tractores

Amaneció. Y los tres granjeros —Benito, Buñuelo, Bufón— seguían dale que te pego cavando con sus palas. Un hoyo tan grande, tan grande... ¡que habría cabido un elefante! Pero por más que cavaban, no conseguían llegar al final del túnel del astuto zorro. Estaban muy cansados, y pronto empezaron a pelearse:

«¡Por todos los diablos!», exclamó Bufón, «¿de quién fue la feliz idea de excavar este maldito túnel?».

«De nuestro amigo Benito», le contestó Buñuelo.

Buñuelo y Bufón se quedaron mirando a Benito con cara de... pocos amigos. Benito tomó un buen trago de su sidra antes de contestarles: «Escuchadme, imbéciles», les gritó con voz ronca, «quiero cazar a este bicho sea como sea, ¿me habéis entendido? Y no pararé hasta ver la piel del maldito zorro encima de mi chimenea. ¿Estamos?»

«Haz lo que quieras», le replicó Bufón, «pero yo desde luego no sigo cavando».

«¡Déjale, déjale!», se burlaba Buñuelo, «seguro que nuestro amigo Benito nos va a decir otra de sus brillantes ideas».

«¿Cómo?», dijo Benito, «¿qué decís? No oigo nada».

Y era que Benito nunca se lavaba... y como nunca se lavaba, pues tenía los oídos sucios, llenos de cera... y también de chicle y ¡hasta de moscas muertas! Y claro, así estaba el pobre que no oía ni torta: «¡Hablad más alto, no oigo nada!»

«¡Que nos digas tus estúpidas ideas!», le gritaron Buñuelo y Bufón. Benito se rascó la nariz con sus sucios dedos. Le estaba saliendo un grano que le picaba mucho.

«Hay que cambiar de táctica», dijo por fin, «con estas palas no hacemos nada... nos hacen falta otras palas. ¡Ya está!, ¡palas mecánicas! ¡Tractores! ¡Dadme un tractor y le saco en cinco minutos!» Buñuelo y Bufón se quedaron boquiabiertos. La idea de Benito era genial, había que reconocerlo.

«Bien, vamos a organizarnos», dijo Benito, de nuevo jefe de la operación. «Tú, Bufón, te quedas aquí y vigilas que el zorro no se escape. Buñuelo y yo vamos por la maquinaria. Si intenta algo mientras estamos fuera, le pegas un tiro y listo.»

Y allí quedó el gordo Bufón, apostado con su escopeta junto al hoyo mientras que sus dos compañeros iban por las máquinas.

Al poco rato, el ruido de dos enormes tractores, con ruedas oruga y palas mecánicas, retumbaba en el bosque. Las dos máquinas, una conducida por Benito, la otra por Buñuelo, parecían dos enormes escarabajos negros abriéndose camino por el bosque.

«¡Aquí estamos de nuevo!», gritó Benito.

«¡Muerte a todos los zorros del mundo!», exclamó Buñuelo.

Inmediatamente se pusieron a trabajar. Las máquinas excavadoras se comían la tierra a grandes bocados. La colina iba desapareciendo por momentos y pronto cayó el árbol que servía de refugio a nuestro amigo don Zorro.

Éste seguía escondido en su túnel rodeado de toda su familia, mientras escuchaba el terrible ruido de las

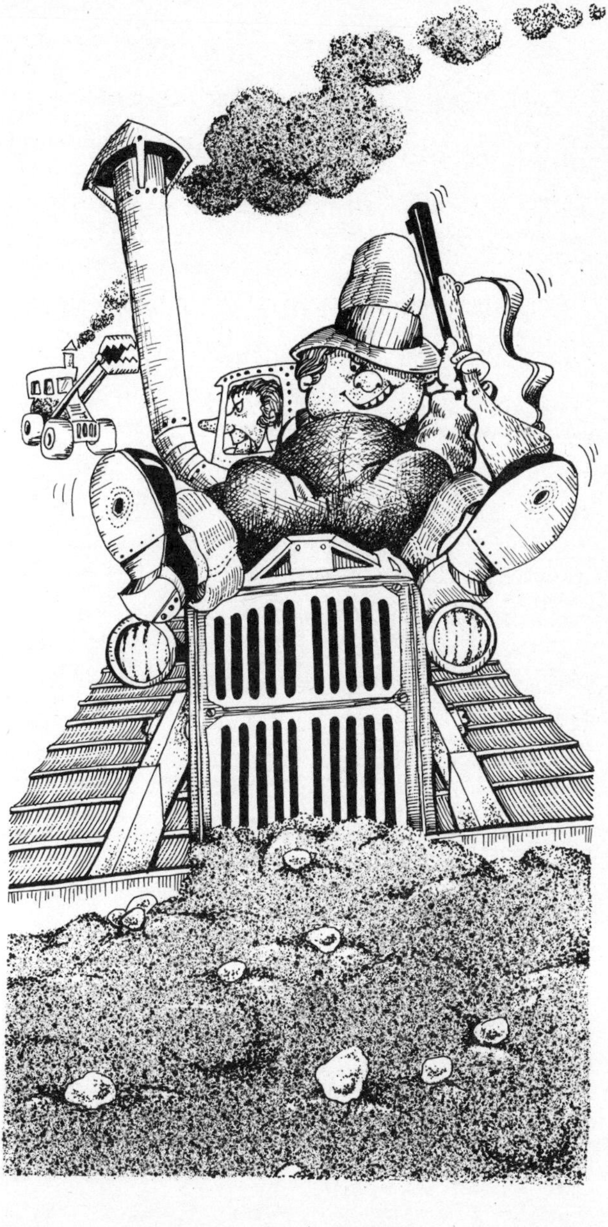

máquinas que removían arena, piedras, árboles, tierra y cielo.

«¿Qué es lo que ocurre, papá?
¿Qué nos van a hacer ahora?», gritaban los zorritos.

La verdad es que don Zorro no
tenía ni idea de lo que pasaba.

«¡Es un terremoto!», exclamó
doña Zorra.

«¡Mirad», dijo uno de los zorritos, «nuestro túnel se acaba... puedo
ver la luz del día!»

¡Todos miraron hacia la boca
del túnel, que estaba a pocos metros
de distancia, y pudieron ver con toda
claridad a esos dos enormes bichos
negros... que estaban a punto de co-
mérselos!

«¡Son las máquinas», gritó don
Zorro, «y tienen dientes afilados...
para comernos mejor! ¡Sálvese quien
pueda! ¡Cavad! ¡Cavad!». ¡Zap!, ¡zap!,
¡zap!

6
La carrera

Y así fue como empezó la carrera, una carrera desesperada ¡las máquinas contra los zorros! Al empezar, la colina estaba así:

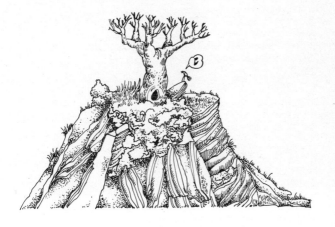

Después de una hora, las máquinas se habían comido un buen trozo de colina:

Y mientras tanto, nuestros zorros huían del espantoso ruido de las máquinas. A veces les parecía que las habían dejado atrás y don Zorro exclamaba triunfal:

«¡Ánimo, muchachos! ¡La victoria es nuestra!»

Pero al momento volvían a oír el ruido de las máquinas, cada vez más intenso. Las palas de las máquinas se comían a bocados la tierra... kraj... kraj... kraj... hasta que de pronto el filo de una pala apareció por detrás, rozándoles el trasero a los zorros.

«¡Deprisa! ¡Deprisa!», gritaba doña Zorra, «¡no os paréis!».

«¡Deprisa! ¡Deprisa!», gritaba Bufón desde arriba, «¡ya los tenemos!».

«¿Has visto al zorro?», le preguntó Benito.

«¡No, pero me da en las narices que estamos muy cerca!», gritó Bufón.

«¡Pues a por él!», dijo Buñuelo. «¡Vamos a hacerle picadillo!»

Al mediodía, la carrera continuaba. Ni unos ni otros se rendían.

La colina casi había desaparecido:

Los granjeros no querían parar para comer. Sólo pensaban en el zorro que se les escapaba.

«¡Prepárate zorrete!», gritaba Buñuelo, asomado por encima de la máquina.

«¡De ésta no te escapas!»

«¡Don Zorro», se desgañitaba Bufón, «nunca más te comerás un pollo de mi finca, malvado!»

Los tres granjeros se habían vuelto locos. Benito conducía su máquina a toda velocidad; Buñuelo saltaba sobre su máquina como si fuera un caballo desbocado; Bufón iba de arriba abajo gritando: «¡Más deprisa, muchachos! ¡Más deprisa!» «¡Esto es la guerra!»

A las cinco de la tarde, ya no quedaba ni rastro de la colina.

El hoyo, el boquete, que habían
excavado las máquinas más bien parecía el cráter de un volcán. Era tan
grande que la gente de los pueblos del
valle se acercaba nada más que para
verlo. Al llegar al borde del volcán la
gente miraba para abajo y se sorpren-
día de ver a los tres granjeros en el
fondo:

«Benito... Buñuelo... Bufón...,
¿qué demonios estáis haciendo?»

«¡Buscamos un zorro!»

«¡Estáis chiflados!»

La gente se reía y les gastaba
bromas. Pero eso les enfurecía aún
más. Apretaban los dientes y gritaban:

«¡Nunca abandonaremos la
caza del zorro!»

7

¡No se escapará!

A las seis de la tarde, Benito apagó el motor de su máquina y se bajó del tractor. Lo mismo hizo Bufón. La verdad es que estaban hasta las narices de tanto tractor, de tanta tierra... y el zorro sin aparecer. Además, estaban muertos de hambre. Lentamente se acercaron a la boca del túnel de don Zorro. La cara de Benito estaba roja de ira. Bufón no hacía más que lamentarse de las malditas tretas del maldito zorro. Buñuelo estaba aún de peor humor:

«¡Por todos los diablos coronados del infierno!», exclamó, en cuanto llegó al agujero, «¡ojalá te pudras, viejo zorro asqueroso!».

«Y ahora», preguntó Bufón, «¿qué demonios hacemos?».

«No sé...», le contestó Benito. «Pero te diré lo que *no* hacemos: ¡no le debemos dejar escapar!»

«¡Eso nunca!», exclamó Bufón.

«¡Nunca!», gritó Buñuelo.

«¿Me oye usted, señor don Zorro?», gritaba Benito, asomándose a la boca del túnel. «No nos marcharemos a casa hasta no verle colgado del rabo... ¡Seguimos en pie de guerra, para que se entere usted!»

Y se juntaron los tres granjeros para hacer un juramento solemne: no regresarían a sus granjas hasta no haber dado muerte al zorro.

«Bueno, y ahora ¿qué?», preguntó Buñuelo, que siempre andaba despistado.

«Pues ahora... te meteremos a ti en el agujero para que agarres al

zorro», le dijo en broma Benito.
«¡Pero no huyas, desgraciado!»

«Piernas... ¡para qué os quiero!», gritaba Buñuelo corriendo a toda velocidad.

Benito se reía sin ganas. Cada

vez que se reía, se le veían sus encías color violeta, como las de los caballos.

«En fin», musitó, «ya que este miedica no quiere ir... sólo nos queda una solución: esperar a que se muera de hambre. Acamparemos aquí y vigilaremos el agujero día y noche. Al final acabará saliendo... si no quiere morirse de hambre!».

¡Y resignados a no moverse de aquel lugar, mandaron a buscar tiendas de campaña, sacos de dormir... y una buena cena!

8
Los zorros pasan hambre

Y así fue como los tres granjeros acamparon junto a la colina. Las tres tiendas rodeaban el túnel del zorro. Y pronto estaban sentados alrededor de la lumbre, zampándose una suculenta cena. Bufón devoraba su comida favorita: pollo con patatas. Buñuelo se estaba poniendo morado con sus donuts rellenos de hígado... y Benito, por supuesto, empinaba el codo de lo lindo, dándole a la botella de sidra. Pero mientras comían, no dejaban de vigilar el agujero del zorro, sin separarse de sus escopetas.

Bufón se acercó al agujero con un pollo en la mano y le dijo al zorro:

«Je...je...je..., ¿no hueles comida, raposo? ¡Pues ven a buscarla!»

Y la verdad es que el aroma del suculento pollo se filtraba por el túnel hasta llegar a las narices de nuestros amigos los zorros.

«Papá, papaíto...», dijo uno de los pequeños, «¿por qué no nos dejas subir a robarle el pollo al granjero?».

«Eso es precisamente lo que quieren ellos», le contestó su papá, «que subas... ¡para matarte!».

«Pero es que estamos muertos de hambre», rezongó el hijito, «¡no podemos aguantar más!».

«Nada podemos hacer... ¡sólo esperar!», concluyó el papá.

Al caer la noche, Benito y Buñuelo encendieron las luces de sus tractores.

«Ahora», dijo Benito, «debemos turnarnos para hacer la guardia:

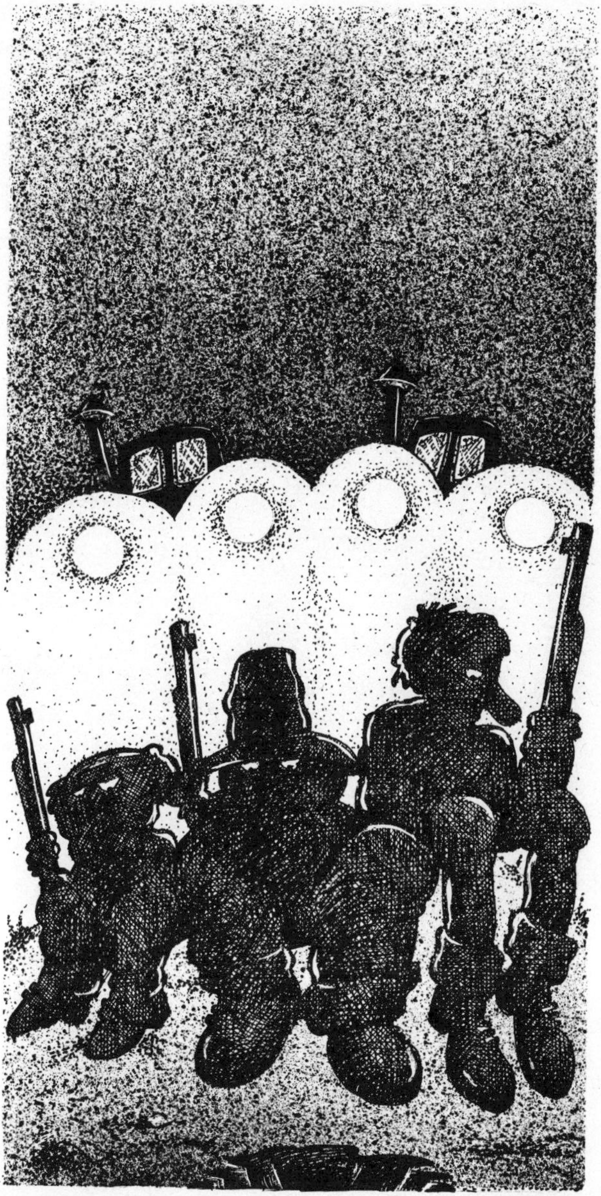

uno vigila mientras los otros duermen».

«Pero ¿qué pasaría», preguntó Benito, «si los zorros cavan un túnel que llegue al otro lado de la colina? ¿A que no se te había ocurrido ese detalle, eh, don listo?».

«Pues claro que se me había ocurrido», mintió Benito.

«Pues venga, dinos la solución para que no se escape», insistió Bufón.

Benito meditaba mientras se sacaba una pelotilla negra de detrás de la oreja. Por fin, le preguntó a Bufón:

«¿Cuántos peones trabajan en tu finca?»

«Treinta y cinco», le contestó Bufón.

«En la mía, treinta y seis», dijo Buñuelo.

«Y en la mía, treinta y siete», agregó Benito. «Eso hace un total de ciento ocho hombres. Ellos se encargarán de rodear la colina, de forma que el zorro no tenga escapatoria. Cada hombre llevará una linterna y una escopeta y las órdenes serán de tirar a matar.»

Pronto se supo el plan de los tres granjeros y sus hombres acudieron a la cita de la colina. Al llegar allí, se distribuyeron en círculo, de forma que rodeaban toda la colina. Llevaban palos y machetes y pistolas y escopetas y toda clase de horribles armas... que hacían imposible todo intento de escapada.

Al día siguiente, continuaba la vigilancia. Benito, Buñuelo y Bufón, sentados en sus taburetes, continuaban el asedio de los zorros. Apenas pronunciaban palabra... Se pasaban el día mirando el agujero, como si estuvieran idiotizados...

De vez en cuando, don Zorro

se acercaba a la boca del túnel para husmear. Pronto volvía junto a su familia y les decía:

«¡No hay nada que hacer... continúan allí los tres...!»

«¿Estás seguro, maridito?», le preguntaba su señora.

«¡Y tan seguro!», afirmaba el zorro. «¡A ese don Benito le puedo olfatear a un kilómetro de distancia... huele que apesta!»

9
Don Zorro tiene un plan

Habían pasado tres días, con sus tres noches, y todo continuaba igual: ni don Zorro ni los granjeros se daban por vencidos.

«¿Cuánto tiempo puede estar un zorro sin comer ni beber?», preguntó al fin Bufón.

«Ya debe de estar en las últimas...», aseguró Benito. «Seguro que en cualquier momento intenta una salida desesperada.»

Benito llevaba razón. En el fondo del túnel los zorros estaban a punto de morir de hambre.

«Papá, papá, tengo sed...», gemía un zorrito.

«Papá, papá, tengo ganas de salir de aquí...», gritaba otro.

«Papá, papá, no aguanto más... voy a asomarme fuera, pase lo que pase», protestaba un tercer zorrito.

«¡Ni hablar! ¡De aquí no se mueve nadie!», bramó don Zorro. «Antes que dejaros salir para que os maten esos granujas con sus escopetas, prefiero que todos nos muramos aquí dentro...»

Durante largo rato, don Zorro permaneció en silencio. Cerró los ojos y se puso a pensar, sin atender a lo que decían los otros. Doña Zorra le miraba y sabía que su marido estaba discurriendo un plan.

Por fin, don Zorro alzó la cabeza, se levantó. Los ojos le brillaban.

«¿Qué te pasa, cariño?», preguntó la zorra.

«Hm... hm... estaba pensando...», empezó don Zorro.

«¿El qué?», preguntó ansiosamente su esposa.

«¿El qué, papá?», corearon vivamente los zorritos.

«Estaba pensando que...», volvió a empezar don Zorro. Pero se detuvo, y moviendo la cabeza tristemente añadió: «Pero no, no vale la pena.»

«¿Por qué no vale la pena, papá?»

«Porque mi plan consiste en continuar cavando el túnel... y está claro que después de tres días sin comer ni beber, ya no estáis para estos trotes.»

«¡Pues claro que sí, papá!», gritaron los zorritos corriendo hacia él.

«Míranos. ¡Estamos en plena forma!»

Don Zorro miraba a sus cuatro hijos y sonreía. Tengo unos hijos formidables, pensaba. Aquí, están, muertos de hambre, de sed, de cansancio...

¡y no se dan por vencidos! No les puedo defraudar.

«Bien, está bien. Supongo que no perdemos nada por probar...», dijo al fin.

Doña Zorra también trataba de levantarse... pero no podía. La falta de comida la había debilitado más que a los otros. «Lo siento...», dijo por fin, «pero creo que no voy a poder ayudaros...».

«Pues claro, amor, no faltaría más...», dijo solícito don Zorro. «Tú te quedas aquí, descansando... ¡Esto es cosa de hombres!»

10
El supergallinero
del granjero Bufón

«Bien, muchachos, esta vez nos dirigimos a un lugar muy especial», dijo don Zorro, indicando la dirección que debían seguir.

Y se pusieron manos a la obra. El trabajo era duro y avanzaban con lentitud, pero su tesón todo lo podía.

«Papá», dijo uno de los zorritos, «me gustaría saber dónde nos dirigimos».

«Es un secreto», dijo don Zorro. «Sólo te puedo decir que es un sitio maravilloso, un lugar donde todos los zorros sueñan poder estar. Y no te digo más porque se te haría la boca agua, y entonces sería peor...» Siguieron cavando durante largo,

largo rato. ¿Cuánto? Ni ellos mismos lo sabían. Perdidos en la oscuridad del túnel no tenían noción del tiempo, no distinguían el día de la noche... Pero, al fin, don Zorro dio la orden de alto.

«Me parece», dijo, «que ha llegado la hora de echar un vistazo para ver dónde estamos. Salgamos a la superficie y pronto veremos si hemos acertado».

Lentamente, con mucha cautela, los zorros fueron abriendo túnel hacia arriba. Subían y subían, hasta que de pronto... sus cabezas tropezaron con algo duro, que les impedía seguir. No tardó mucho don Zorro en comprobar de qué se trataba:

«¡Ajajá!», exclamó el raposo. «Tal como me suponía. Son tablones de madera».

«¿Y eso qué significa, papá?»
«Pues significa que estamos

justamente debajo de la casa de algún fulano. Ahora sólo falta averiguar si ese fulano es el que yo me imagino.» Al quebrarse, el tablón hizo un ruido espantoso y los zorros se metieron de nuevo en el túnel, creyendo haber sido descubiertos. Pero nada ocurrió. Así es que don Zorro, envalentonado, metió la cabeza por el agujero para echar un vistazo. No pudo contener un grito de alegría. «¡Yupiii! ¡Esto es chanchi! ¡Esto es chupi!», gritaba el zorro, fuera de sí. «Lo logramos... ¡y a la primera! ¡Subid, subid hijos míos y veréis un espectáculo que haría las delicias de cualquier zorro tan hambriento... como nosotros!»

Los zorritos subieron como el rayo y al llegar arriba presenciaron un espectáculo inolvidable: su padre estaba danzando, rodeado de una nube de gallinas y pollos de todos los colores, que revoloteaban a su alrededor.

«¡Pasen, pasen, damas y caballeros!», exclamaba el buen zorro. «¡Vean el supergallinero de ese pícaro granjero que es don Bufón, bufonero! Entrada gratis les ofrece superzorro que acaba de abrir un túnel supersecreto!»

Los zorritos estaban locos de alegría. Corrían en todas direcciones tratando de agarrar algún pollo.

«¡Alto! ¡Alto ahí!», gritó don Zorro, recobrando su juicio. «¡No hay que perder la cabeza. Ante todo, serenidad. Lo primero, vamos a refrescarnos!»

Corrieron hasta el abrevadero, se dieron un buen remojón y bebieron agua en cantidad. Después don Zorro escogió tres hermosas gallinas, las agarró por el pescuezo y de una dentellada las liquidó, todo en un abrir y cerrar de ojos.

«Y ahora ¡todo el mundo al tú-

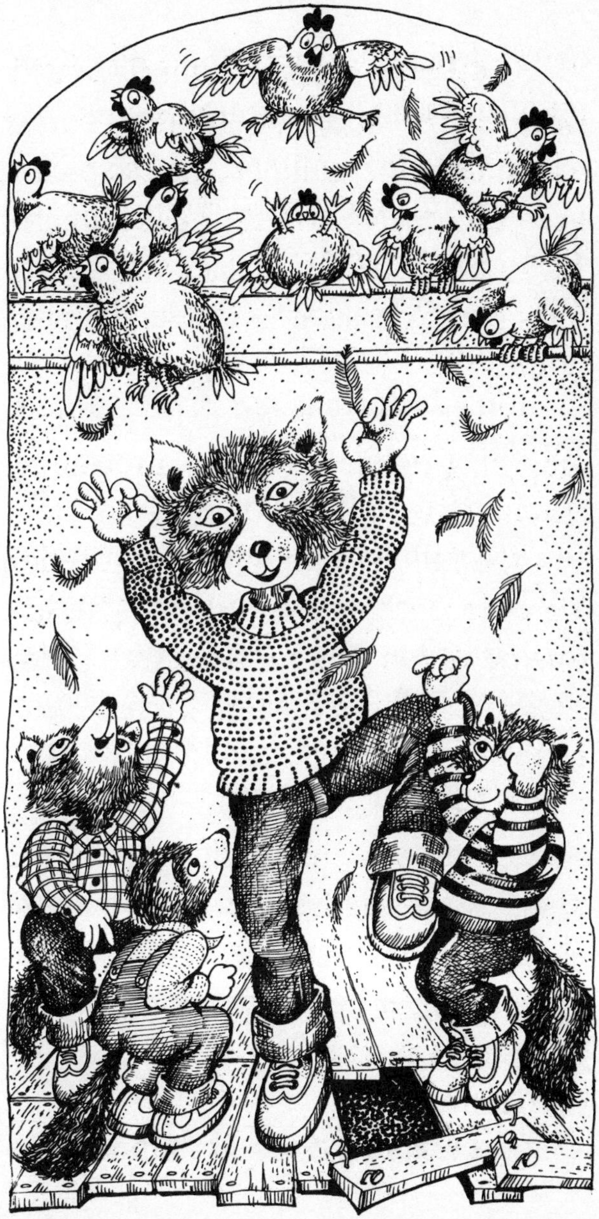

nel!», ordenó. «¡Vamos, no hay tiempo que perder! ¡Si seguimos aquí, nos descubrirán!»

Pronto estaban reunidos de nuevo en la oscuridad del túnel. Entonces, con mucho cuidado, el astuto zorro puso los tablones de madera en su sitio, de forma que nadie supiera por dónde habían entrado.

«Hijo mío», le dijo al zorrito mayor, «toma las gallinas y llévaselas a mamá, ¡ah y dile que me las prepare en pepitoria! Mientras vosotros preparáis el banquete, nosotros nos ocuparemos de algún asuntillo que me queda aún por liquidar».

11
¡Doña Zorra se lleva una sorpresa!

Corría veloz el zorrito por el túnel, llevando las tres gallinas, y no hacía más que pensar: «¡Cómo se va a poner mamá cuando vea esto!» El recorrido era largo pero no paró hasta llegar al lugar donde su mamá dormía plácidamente.

«¡Mamá, mamá, despierta, mira lo que te he traído!», gritaba el zorrito.

Doña Zorra, que se encontraba muy débil por falta de alimentos, sólo consiguió abrir un ojo. Al ver las tres hermosas gallinas que su hijo le enseñaba, dio un profundo suspiro y murmuró «debe ser un sueño...», mientras volvía a cerrar los ojos.

«¡No estás soñando, mamá! ¡Tócalas, y verás como son de verdad! ¡Nos hemos salvado, mamá, nos hemos salvado!»

Esta vez la zorra dio un respingo y abrazó a su hijo, sin poder creer lo que veía: «No es posible, no es posible...», murmuraba, restregándose los ojos, «pero si éstas parecen las gallinas del mismísimo granjero...». «¡Bufón!», le cortó triunfante su hijo. «¡Y lo son, mamá, y lo son!» Y en cuatro palabras le contó a su madre la aventura del túnel, los tablones de madera y cómo se habían colado en el supergallinero de Bufón.

El olor de las gallinas parecía haber reanimado a la hambrienta zorra: «¡Os voy a preparar un banquete de rechuparse los dedos!», exclamó la zorra, mientras su hijo comenzaba a desplumar las gallinas. Y añadió llena de orgullo: «¡Por algo llaman a vuestro padre el superzorro!»

Mientras tanto, en el fondo del túnel, superzorro seguía haciendo de las suyas:

«¡Ánimo, muchachos», decía sin dejar de cavar, «que ya estamos llegando...».

«¿Adónde?», preguntó un zorrito.

«¡Ah!» Ése es otro secreto...»

12
Don Tejón

El zorro y sus hijos volvieron a la labor de zapa con tesón y entusiasmo. Se habían olvidado de que estaban cansados, que tenían hambre. Sólo de pensar en el fabuloso banquete que les esperaba, con los suculentos pollos de Bufón, se les hacía la boca agua. Y no podían contener la risa al imaginarse a los tres granjeros sentados allí arriba, tan serios con sus escopetas, esperando a que asomaran... sin sospechar ni remotamente que debajo de sus pies había una familia entera de zorros comiendo y viviendo a su costa.

Pero no podían distraerse, porque su padre les advertía sin cesar:

«¡Por aquí! ¡Por aquí! ¡Ánimo! ¡Ya falta poco!» De pronto, oyeron sobre sus cabezas una voz profunda que decía: «Hmm... ¿quién anda por ahí?»

Se quedaron de una pieza. Miraron hacia arriba y pronto distinguieron, entre las tinieblas del túnel, los hocicos untuosos y afilados de su amigo...

«¡Tejón!», gritó don Zorro al reconocerle.

«¡Caramba, pero si es zorrete!», se alegró a su vez don Tejón. «¡No sabes lo contento que estoy de encontrarte! Llevo días y días cavando y la verdad es que no tengo ni idea de dónde estoy...», exclamó Tejón, que llegaba acompañado de su hijo.

Don Tejón dio unos pasos más para reunirse con sus amigos. Después de darse la pata, se contaron las últimas noticias:

«¡No sabéis la que han armado allí arriba!», decía don Tejón muy excitado. «¡Eso es el acabóse! El bosque está lleno de hombres con escopetas, que no te dejan salir ni de noche... y de día, se dedican a destrozar la montaña con esas horribles máquinas... ¡La locura, vamos! Y para colmo de males, estamos sin comida, muriéndonos de hambre!...»

«¿De veras?», sonrió don Zorro.

«¡Te hablo en serio!», gritó don Tejón. «Todos los animales que vivimos bajo tierra estamos igual: don Topo, don Conejo, con su numerosa prole... Incluso la comadreja, que ya sabes tú que se las pinta sola para salir de las peores situaciones, ha tenido que venir a vivir con nosotros. ¿Qué podemos hacer? Me parece, zorrete, que de ésta no salimos.»

Don Zorro, impasible, seguía

sonriendo, y sus hijos, que compartían su secreto, sonreían también.

«Bien, mi querido Tejón», dijo el zorro, «quiero que sepas que el culpable de todo este zafarrancho soy yo».

«¡Ya lo sé! ¡De eso me quejo!», gritó don Tejón fuera de sí. «Y sé también que los granjeros no abandonarán la caza hasta que no te tengan en sus manos. Y mientras tanto se dedican a destrozar a todo bicho viviente...»

El pobre tejón se sentó junto a su hijo y añadió con voz resignada: «Mi esposa no podía ni moverse... la pobre estaba tan débil... ¡Estamos perdidos!»

«¡Ánimo, tejón!», exclamó el zorro. «También mi esposa estaba muriéndose... y en cambio, si la vieras ahora preparando unos deliciosos pollos...»

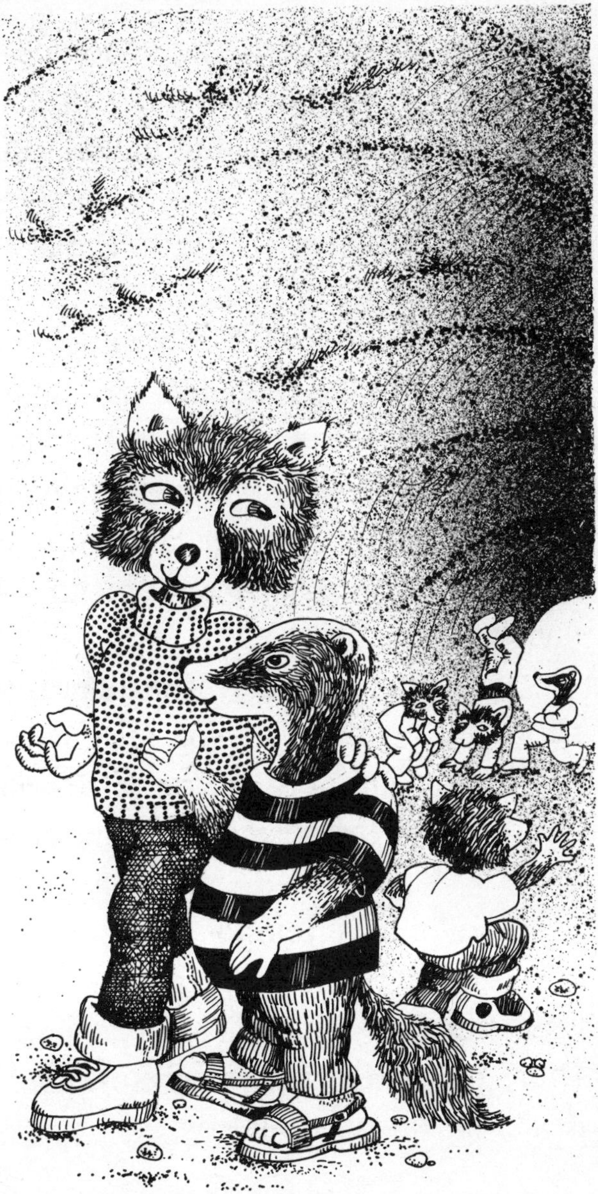

«¡Calla, por favor, zorrete!», dijo don Tejón con voz lastimera. «No se bromea así con un muerto de hambre...»

«¡Pero si es verdad!», gritaron todos a una los zorritos. «Papá no bromea... ¡tenemos pollos a miles!»

«Y ya que todo ha sido culpa mía», continuó don Zorro, «he decidido convidaros a todos a un banquete: ¡habrá comida en abundancia, para nosotros, para vosotros y para todos nuestros amigos!»

«Ay, zorrete... ¿lo dices en serio?», le preguntó el pobre tejón.

Don Zorro se acercó a su amigo y con voz susurrante le dijo:

«¿A qué no adivinas dónde hemos estado hace poco?»

«Pues no... la verdad...», le contestó su amigo.

«¡Pues en el mismísimo gallinero del mismísimo Bufón!»

«¡No!», exclamó sorprendido el tejón.

«¡Pues sí!» Pero eso no es nada comparado con lo que vamos a hacer ahora... Has llegado en el momento preciso, mi querido amigo... Nos puedes ayudar a cavar, con tus famosas zapas. Y mientras tu hijo puede ser el mensajero.» Y volviéndose hacia el pequeño tejón, continuó: «Quiero que les digas a todos los animales subterráneos, que don Zorro les invita a una gran fiesta, que traigan a todas sus familias. Y cuando estén todos reunidos los conduces hasta mi casa.»

«¡Sí, señor! ¡A sus órdenes, mi capitán!», exclamó el pequeño tejón, haciéndole un saludo militar. Y salió disparado por el túnel que había hecho su padre.

13
Buñuelo y su superalmacén

«¡Dios mío», exclamó don Tejón, al percatarse de que a su amigo le faltaba el rabo. «¿Quién te robó tu cola, zorrete?»

«Verás, tejón», le contestó don Zorro, «ése es un tema para mí muy doloroso... mejor será no menearlo!»

Mientras conversaban seguían trabajando en el túnel. Sólo que ahora, con la ayuda de don Tejón y sus poderosas zapas, el trabajo era mucho más fácil. Avanzaban a gran velocidad y pronto toparon con unos tablones de madera parecidos a los anteriores.

«¡Ahahá!», exclamó el zorro, sonriendo aviesamente. «Si mis cálculos no me fallan nos encontramos en estos momentos justamente debajo de la granja de ese redomado granuja llamado Buñuelo. Mi querido Tejón, justamente encima de nuestras cabezas penden los manjares más deliciosos que te puedas imaginar!» «¡Patitos tiernos! ¡Suculentos gansos!», exclamaban los zorritos, relamiéndose los hocicos.

«¡Justamente!», dijo don Zorro.

«Lo que yo no entiendo», dijo el Tejón, «es cómo demonios te has orientado para llegar hasta aquí».

«Muy fácil», le contestó el zorro. «¡Antes yo me conocía el terreno de los granjeros como la palma de la mano. Podía ir a cualquiera de sus granjas a ciegas. Pues bien, ahora hago lo mismo, sólo que por debajo de la tierra!»

Con mucha cautela, don Zorro empezó a mover las tablas, hasta que se aflojaron. Entonces, levantando una de ellas, asomó la cabeza.

«¡Victoria!», gritó el zorro, entusiasmado con lo que veía. «¡Lo conseguimos! ¡Hemos dado en el clavo, como siempre!»

Pronto se reunieron los zorritos, con su papá y don Tejón, en una enorme habitación. Lo que sus ojos veían era tan maravilloso, que se habían quedado sin habla. Aquello era el paraíso de los zorros, de los tejones y de todo bicho viviente con buen apetito.

«¡Señoras y señores!», dijo el zorro haciendo el payaso, «ante ustedes, los grandes almacenes de don Buñuelo. ¡Observen y vean la calidad de su producto! ¡Compren, señores, compren!»

En efecto, junto a las cuatro paredes de la habitación se amontonaban los más hermosos patos, los más

suculentos gansos, a punto de ser lle-
vados al mercado. De las vigas del
techo colgaban filas y más filas de
tiernos jamones, de deliciosos toci-
nos.

«¡Comed, comed con los
ojos!», les decía el zorro. Y sonriendo
añadía: «¿Qué os parece la despensa
de nuestro amigo Buñuelo?»

A los zorritos les pareció demasiado bien. De pronto, se lanzaron,
junto con el hambriento tejón, a la
caza del delicioso botín.

«¡Alto! ¡Alto ahí!», ordenó im-
periosamente don Zorro. «Debo re-
cordaros que soy yo el que da la fiesta
y que por lo tanto me corresponde a
mí escoger las piezas».

A regañadientes, los zorritos y
el tejón se retiraron. A todos se les
caía la baba viendo a su padre husmear los jamones, sobando los patos,
sopesando los gansos. ¡Qué hambre!

«¡No hay que perder la cabeza, muchachos!», dijo el zorro, volviéndose hacia ellos. «No hay que dejar ninguna pista, ninguna señal, ni la más pequeña huella o migaja... Porque si los granjeros se enteran de que hemos estado aquí, todo se habrá acabado... Así es que vamos por partes... Lo primero en mi lista de compras son unos patos. ¿Qué os parecen estos cuatro hermosos animales?», dijo el zorro bajándolos de su percha... «Tejón, ven aquí y échame una mano... eso es... vosotros niños ayudadle a él... muy bien... tocadlos y veréis lo hermosos que están... no me extraña que al granuja de Buñuelo se los paguen extra en el mercado... son superpatos... pero chicos... que se os está cayendo la baba... a ver tejón, alcánzame ahora unos gansos... creo que con tres tendremos bastante... gracias, pero ¡que sean gorditos!... hmmm eso sí que es comida de reyes... pero con cuidado, con mucho cuidado... así me gusta y ahora sólo nos falta "comprar" los jamones... hmmmm... jamón ahumado, lo que más me gusta del mundo... traedme la escalera de mano, por favor...»

Don Zorro subió y bajó de la escalera con tres grandes jamones bajo el brazo... «Ah... se me olvidaba... se me olvidaba que el plato favorito de don Tejón es precisamente...»

«¡El tocino!», gritó tejón sin poder contenerse. «Por favor, zorrete, deja que me lleve esa maravillosa loncha de tocino que pende de esa viga...»

«Y zanahorias, papá», gritaron los tres zorritos, «¡nos llevaremos también un saco de zanahorias!»

«¿Para qué queréis zanahorias», les preguntó su padre, «si siempre os las dejáis en el plato cuando mamá las pone?»

«¡Pero si no son para noso-

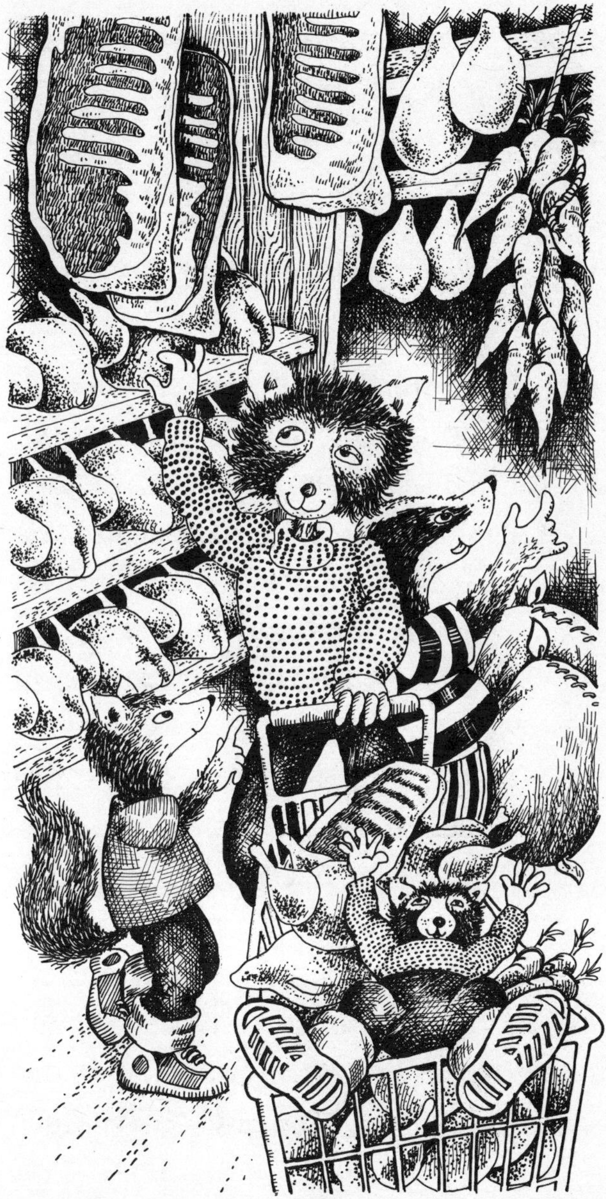

tros!», exclamaron los tres. «¡Son para los conejos que no comen otra cosa!»

«Diablos... ¡tenéis razón!», dijo su padre. «Se me habían olvidado mis huéspedes. ¡Tomad dos sacos en vez de uno!»

En un santiamén, reunieron todo el botín en el centro de la habitación. Los zorritos lo contemplaban traspuestos, sus ojos hacían chiribitas...

«Y ahora», anunció don Zorro, «sólo nos falta transportar este botín a nuestra casa... ¿qué tal si le pedimos prestado a nuestro buen amigo Buñuelo esos dos carritos de la compra?». Dicho y hecho. Llenaron los carritos con todas las provisiones y los bajaron por el agujero hasta el túnel. Una vez que se reunieron todos bajo tierra, el zorro, con muchísimo cuidado, volvió a poner los tablones en su sitio, de forma que nadie se pudiera dar cuenta de que por allí habían entrado unos zorros...

Finalmente, papá zorro agarró por el pescuezo a dos de sus hijos y les dijo:

«Ahora, escuchadme bien... vais a llevar estos carritos a mamá y le vais a decir que esta noche tenemos invitados a cenar en casa. ¡La familia Topo, la familia Tejón, la familia Conejo y la familia Comadreja están invitados a una gran fiesta! Le decís que se esmere con sus mejores guisos, y ¡que no me deje mal! Nosotros iremos pronto en cuanto hagamos un recadito... ¡ah!, y le dais un beso de mi parte.»

«¡Sí, mi capitán... digo, sí, papá!», y salieron zumbando los dos pequeños zorros, cada uno con su carrito.

14
Las dudas de Don Tejón

«¿A que no adivináis dónde vamos ahora?», preguntó el zorro.

«¡Apuesto a que yo sí!», exclamó el único zorrito que quedaba.

«¿Adónde?»

«Bien...», dijo el zorrito, meditando. «Hemos estado en casa del señor Buñuelo, y antes estuvimos en casa del señor Bufón... así es que... ¡sólo nos falta visitar a don Benito!»

«¡Exacto!», exclamó su padre. «Pero lo que todavía no sabéis es lo que vamos a buscar en casa del granjero Benito...»

«¿El qué, papá?»

«¡Ahahá!», exclamó el zorro.

«Eso es un secreto, por ahora... ¡pronto lo sabréis!»

Mientras, seguían abriendo túnel, guiados por las zapas expertas de don Tejón. De repente, éste se detuvo y volviéndose hacia el zorro...

«Amigo zorro», le confesó, «estoy algo preocupado por lo que estamos haciendo».

«¿Y qué es lo que estamos haciendo, si puede saberse?», le preguntó don Zorro.

«Pues qué va a ser... ¡robar!», exclamó el tejón.

Don Zorro dejó de cavar y se volvió estupefacto hacia su amigo:

«Mi buen tejón...», comenzó el zorro. «¿Te das cuenta de lo que estás diciendo? Si tus hijos se están muriendo de hambre... ¿es que no piensas ayudarles?»

Don Tejón asintió cabizbajo. «A ti lo que te pasa», continuó el zorro, «es que eres demasiado bueno».

«¿Y qué hay de malo en eso?», le preguntó el tejón.

«¡Nada... sólo que nuestros enemigos son demasiado malos! ¿Te das cuenta de que Benito, Buñuelo y Bufón nos quieren matar?»

«Claro que me doy cuenta...», dijo el tejón con tristeza.

«Nosotros, en cambio, no queremos matarles a ellos...»

«¡Dios nos libre!», exclamó el buen tejón.

«Sólo pretendemos», continuó el zorro, «distraerles un poco de comida para alimentarnos nosotros y nuestras familias... ¿Qué hay de malo en ello?».

«Supongo que nada», murmuró el tejón.

«¡Son ellos los que nos hacen la guerra!», exclamó el zorro. «¡Nosotros somos animales pacíficos!»

Por fin, el tejón se dio a razones, y en su cara se esbozó una amplia sonrisa:

«Sabes zorrete», dijo por fin, «¡que eres un tío grande!».

«Y tú», le dijo el zorro, «¡eres la persona más buena que conozco! Pero ya está bien de darnos coba... ¡a trabajar se ha dicho!».

Pocos minutos después, la zapa del tejón tropezaba con un objeto duro y contundente: «Y esto ¿qué puede ser? Parece una tapia», dijo, mientras quitaba la arena del tapial. Porque se trataba, efectivamente, de una pared, pero no de piedra sino de ladrillo. De cualquier forma, la pared les obstruía el paso, y no podían seguir.

«No comprendo», decía el tejón, «a quién se le puede ocurrir hacer una pared bajo tierra...»

«Muy sencillo», le contestó el zorro. «Se trata de una habitación subterránea... Y si no me equivoco, ya sé quién es el dueño de la tal habitación...»

15
Don Benito y
su secreta sidra

El zorro empezó a examinar la tapia y pronto se dio cuenta de que el cemento se había deteriorado y de que los ladrillos se desprendían con facilidad. Así es que intentó aflojar uno y al poco rato lo había conseguido. Pero al sacarlo de la pared, cuál no sería su sorpresa al ver aparecer por el agujero una cara peluda con grandes bigotes que decía, con voz muy irritada:

«¡Largo, largo de aquí! Esto es propiedad privada. ¡No se puede pasar!»

«¡Demonios!», exclamó don Tejón. «Pero si es doña Rata...»

«¡Ya sabía yo que nos encontra-

ríamos a este asqueroso bicho mero-
deando por aquí!», murmuró el zorro.

«¡Fuera! ¡Fuera!», chillaba la
rata, cada vez más furiosa. «¡Esta casa
es mía! ¡Prohibido entrar!»

«¡Cierra el pico!», les dijo don
Zorro.

«¡No pienso callarme!», gritaba
la rata. «¡Yo llegué aquí la primera...
así es que esto es mío! ¡Largo! ¡Largo!»

Entonces el zorro tuvo una brillante idea. Se volvió hacia la rata y le
dijo, enseñándole sus blancos y largos
dientes:

«Mi querida ratita... ¿sabes que
tengo mucha hambre? ¿Y sabes tú
cuál es mi plato favorito? Pues... ¡ratas estofadas!»

Al oír estas palabras, doña Rata
abandonó el agujero y corrió despavo-
rida hacia su refugio. El zorro soltó
una carcajada y se dedicó a sacar más

ladrillos de la pared, hasta que consiguió abrir un agujero lo bastante grande para poder entrar en casa del señor Benito. «¡Adelante!», les dijo al tejón y al zorrito.

Se encontraban en un lugar amplio, húmedo, sombrío: ¡era la bodega del granjero Benito!

«¡Pero si esto está vacío!», murmuró don Tejón, algo decepcionado.

«¡Yo no veo ningún pavo!», dijo a su vez el zorrito a su padre. «¿Dónde están esos pavos tan gordos que tú nos traías a casa, papá?»

«No hemos venido por pavos... ¡ya tenemos suficiente comida!», le contestó su padre.

«Entonces... ¿a qué hemos venido?», insistió el zorrito.

«¡Abrid bien los ojos y mirad a vuestro alrededor!», exclamó el zorro, «¿no veis nada que os pueda gustar?».

Los ojos del tejón y el zorrito se

fueron acostumbrando a la oscuridad. Pronto pudieron distinguir, en el fondo de la habitación, un gran armario de madera... y en el armario, grandes garrafas de cristal transparente... y en las garrafas, un letrero que decía con letras bien grandes: SIDRA.

«¡Ya está! ¡Ya lo tengo!», exclamó el zorrito, dando un brinco en el aire. «¡Hemos venido a por sidra!»

«¡Exacto!», dijo el zorro.

«¡Qué gran idea!», exclamó don Tejón.

«Efectivamente, ¡nos encontramos en la secreta sidrería de don Benito!», dijo el zorro. «Pero aquí hay que andar con mucho cuidado porque él vive aquí, justamente encima de nuestras cabezas...»

«Hmmm...», dijo el tejón, muy contento. «Los tejones siempre decimos que la sidra lo cura todo: ¡un vaso

con cada comida, y como nuevo!»,
dijo don Tejón.

«¡Cómo nos vamos a poner en
el banquete!», exclamó el zorro.
«¡Nos vamos a poner morados!»

Sin esperar al banquete, el pequeño zorro ya hacía de las suyas. Se
había encaramado al armario, había
abierto una jarra, y se había tomado
un buen trago... ¡y ahora bajaba dando tumbos!

La sidra de don Benito no era
una sidra cualquiera, ¡era una sidra
SECRETA! ¡Sólo este malvado granjero tenía la receta para hacer esta
sidra... que te hervía en el estómago y
luego se te subía a la cabeza!

«¡Ayayayay... que me mareo!»,
decía el zorrito haciendo eses. «¡Caramba con la sidra de Benito...!»

«Trae acá la jarra», le dijo su
padre. «Tú ya has bebido bastante...,
ahora me toca a mí.» Se llevó la jarra

a la boca y tomó un buen trago. Al punto dio un grito de alegría: «¡Pues es verdad! ¡Esta sidra está estupenda! ¡Fabulosa!»

«Eh... ehhh», gritó el tejón. «No seáis frescos y pasadme la jarra, que yo también quiero catarla. ¡Así... así me gusta!» Y en cuanto la hubo probado, también el tejón estaba loco de alegría. «¡Pero si esto no es sidra... esto es oro... oro puro! ¡La bebo y me parece que esté bebiendo el arco iris!»

La rata, que los estaba mirando desde encima del armario, seguía furiosa:

«¡Rateros! ¡Rateros!», les gritaba. «Eso es lo que sois: ¡unos vulgares ladrones! Y encima ¡os estáis bebiendo la sidra y me vais a dejar sin nada!», les decía mientras sorbía con una paja la sidra de una gran jarra que tenía a su lado.

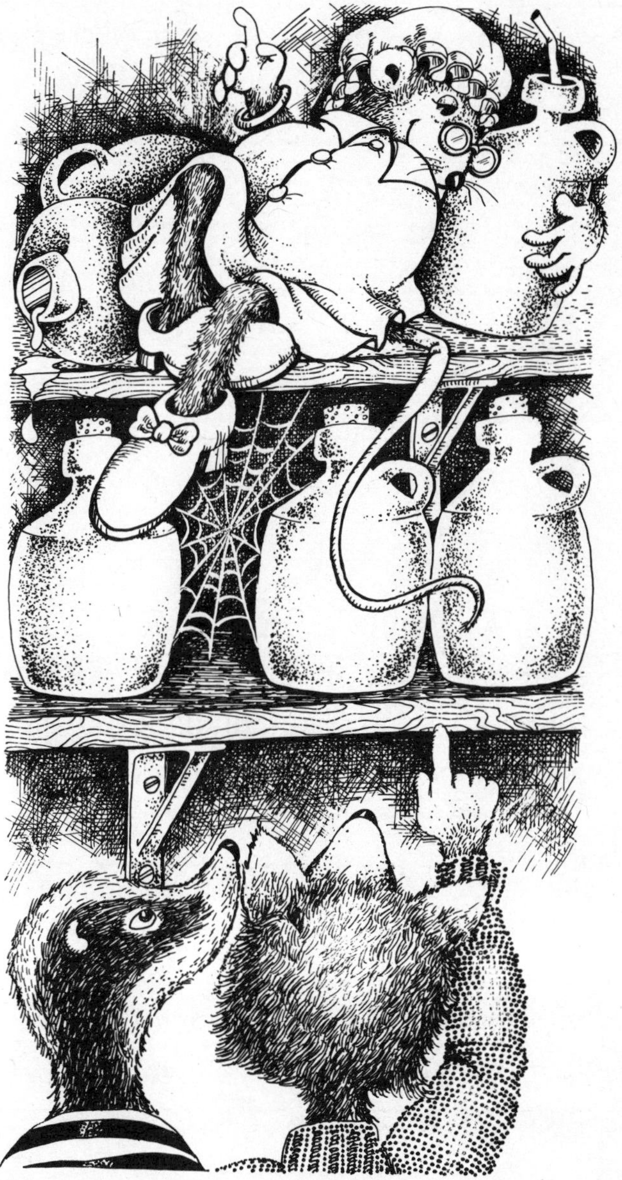

«¡Estás borracha, rata!», le gritó el zorro desde abajo.

«¡Y tú, más!», le contestó la rata. «¡Y además, estáis armando tanto ruido que se va a enterar todo el mundo de que estáis aquí y nos van a coger a todos! Así es que, ¡largaos con viento fresco!»

En aquel preciso momento, se oyó la voz de una mujer que decía desde arriba:

«¡Date prisa, Julia! Ya sabes que don Benito es muy exigente y no quiere esperar ni un minuto. ¡Sobre todo ahora que está enfadado porque no encuentra a ese maldito zorro!»

Al oír estas palabras, los animales se quedaron helados, quietos como estatuas. Entonces oyeron el ruido de una puerta que se abría y unos pasos que lentamente bajaban las escaleras que conducían a la bodega. ¡Estaban muertos de miedo!

16
La criada

«¡**D**eprisa!», gritó el zorro, saliendo de su pasmo. «¡Hay que esconderse!» Dicho y hecho. Los tres animales corrieron al armario para esconderse justamente detrás de las garrafas de sidra. Don Zorro asomó los hocicos y pudo ver a una mujer corpulenta que se dirigía hacia ellos con un rodillo en la mano. Se detuvo frente al armario, tan cerca de ellos que podían oírla respirar... ¡Sólo unas garrafas de sidra se interponían entre nuestros amigos y ella!

«¡Señá Benita!», ahuecó la voz la criada. «¿Cuántas le subo esta vez?»

«¡Sube dos o tres...», le contestaron desde arriba. «¡Las que tú quieras!»

«¡Pero si ayer se liquidó cuatro!», respondió la criada.

«Sí, pero hoy con dos o tres le bastan... No ves que están a punto de cazar al zorro... Mi marido dice que de la hora del almuerzo no pasa... tendrá que salir de su escondrijo si no quiere morir de hambre».

La criada se empinó y cogió una garrafa, justamente al lado de la que se escondía nuestro amigo el zorro.

«¡Ojalá se pudra ese maldito bicho!», rezongó la criada. «Por cierto señá Benita», le gritó a su ama, «¿no me había usted prometido la cola del animal, en cuanto lo cazara don Benito?»

«Claro que te la había prometido», le dijo su señora. «Pero me temo que no te la voy a poder dar... ¡de esa cola no ha quedado ni un pelo sano!»

«¿Qué quiere usted decir?», le preguntó la criada.

«Pues que los granjeros, en vez de cazar el zorro... ¡han cazado la cola!», dijo la señora, riéndose a carcajadas.

«¡Vaya por Dios!», exclamó la criada. «Yo que me había hecho la ilusión...»

«¡No te preocupes, Julia!», le dijo su señora, muerta de risa. «¡Te daré la cabeza en vez de la cola! Ya verás lo bonita que está, disecada en tu dormitorio... ¡Pero...! Pero... ¿se puede saber lo que estás haciendo? Sube de una vez y trae la dichosa sidra.»

«¡Sí, señora, ya voy!», dijo la criada, cogiendo otra botella de sidra. A don Zorro le dio la tiritona. «Otra botella más», pensaba nuestro amigo, «y me descubre». Su hijo estaba tan

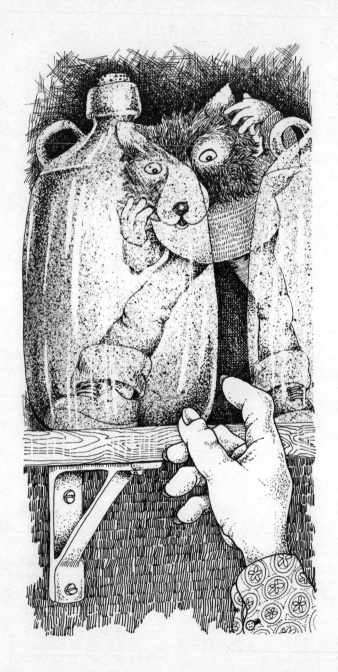

nervioso que había estado a punto de volcar la garrafa...

«¡Señá Benita!», gritaba la criada desde la bodega. «¿Qué hago? ¿Subo dos garrafas... o tres?» Los animales temblaban como el azogue.

«¡Sube las que te dé la gana, pero sube de una maldita vez!», le contestó, enfadada, su ama.

«Pues entonces... ¡subiré dos!», se dijo la criada. «Mejor pocas que muchas... ¡este don Benito bebe demasiado!»

Con una garrafa debajo de cada brazo, la criada Julia se alejaba hacia la escalera. Pero antes de llegar a ella, se detuvo una vez más.

«¡Señá Benita!», dijo, husmeando el aire. «¡En esta bodega hay ratas! ¡Esto huele que apesta!»

«Pues ya sabes lo que tienes que hacer», le vino la respuesta desde arriba. «¡Échales veneno!»

«Sí, señora... ¡ahora mismo voy a buscarlo!», dijo la criadona, mientras subía dificultosamente las escaleras. Al llegar arriba, dio un portazo y la bodega quedó de nuevo en silencio.

«¡Ahora es el momento!», les dijo el zorro a los suyos. «¡Tenemos que marcharnos antes de que vuelva! ¡Coged cada uno una garrafa y... andando que es gerundio!»

Doña Rata los observaba desde las alturas del andamio.

«¿Lo veis como tenía razón?», chillaba, furiosa. «Un poco más... y nos agarran a todos! ¡Y todo por culpa vuestra! ¡Qué ganas tengo de perderos de vista!»

«¡Calla, calla, estúpida rata!», le contestaba don Zorro. «¡A ti, con ese veneno, te van a despachar al otro barrio muy prontito!»

«¡Ja, ja, ja... que te lo has creído, chaval!», le contestó la rata, muy chula.

«Sentada encima de este armario, ¡me río yo de todos los venenos que me pongan en el suelo!»

Mientras, los zorros y el tejón se metían a toda prisa por el agujero que habían abierto en la pared de la bodega. Antes de desaparecer por el túnel, el zorrito pequeño asomó la cabeza y gritó:

«¡Adiós, ratita! ¡Gracias por la sidra... estaba buenísima!»

«¡Sinvergüenzas, granujas!», les chillaba doña Rata. «¡Ladrones, bandidos!»

17
El gran banquete

Con sumo cuidado, don Zorro volvió a colocar los ladrillos en su sitio.

El agujero quedó perfectamente tapiado. Mientras concluía su trabajo, le comentaba a don Tejón:

«¡Esa rata es una bribona! La próxima vez que vuelva por aquí, le daré un buen escarmiento.»

«Todas son iguales», le confesó su amigo. «Mira zorrete, yo he visto mucho mundo; bueno, pues jamás me he encontrado con una rata con modales ni buena educación.»

«Lo que le pasa es que bebe demasiado... todo el día chupando sidra es capaz de marear a cualquiera», repuso el zorro. Y colocando el último ladrillo en su sitio, exclamó: «Bien, muchachos, misión cumplida. Ahora, ¡todos a casa!»

En fila india, don Zorro, zorrito y tejón corrían por el túnel, empujando las garrafas de sidra. Pronto dejaron a su derecha la desviación que conducía al almacén de Buñuelo... y, más adelante, la que llevaba al super-gallinero de Bufón. Pero sólo se detuvieron al llegar a la cuesta final, la que habría de conducirles a su guarida.

«¡Ánimo, muchachos!», dijo don Zorro, recobrando el aliento. «¡Ya estamos llegando! ¡Figuraos la que nos espera al final de esta cuesta! ¡Ya veréis qué cara ponen al vernos con tanta sidra!»

El zorro estaba tan contento, que improvisó una pequeña canción:

«¡Al hogar, al hogar, regresar,
y a mi dulce zorrita besar!
Le traigo àlegría
y buena compañía,
y una jarra de sidra sin par!»

Para no ser menos, don Tejón le contestó:

«¡Mi pobre, mi dulce tejona
simpática, bella, dulzona...
su panza hambrienta
por poco revienta...
después de una gran comilona!»

Y los dos amigos habrían continuado cantando toda la noche de no haberse topado, al doblar la última revuelta del túnel, con el festín que les había preparado doña Zorra. Aquello era para verlo y no creerlo. Alrededor de una gran mesa de nogal se habían congregado hasta veintinueve animales, con tres platos reservados para los recién llegados. He aquí la lista de todos los comensales:

Doña Zorra y tres zorritos.

Doña Tejona y tres tejoncitos.

Don Topo, su señora y cuatro topitos.

Don Conejo y señora, cinco conejitos.

Don Comadreja y señora, seis comadrejitas.

La mesa estaba bien surtida de pollos y patos, de jamón y de tocino, de dulces y tartas... en fin, de una comida tan exquisita que a los recién llegados se les hacía la boca agua.

«¡Cariño, cariñito!», gritaba doña Zorra al ver a su marido. Y dándole un beso, le dijo: «Amor, ¡teníamos tanta hambre que hemos comenzado sin vosotros! ¿No te importa, verdad, cielo?»

Al zorro, claro está, no le importaba, y no hacía más que repartir besos, abrazos y palmadas entre todos los comensales. Finalmente, cogió las garrafas de sidra y, entre gritos de «¡bravo!» y «es un muchacho excelente», las puso en el centro de la gran mesa.

«¡Y ahora, a comer todo el mundo!», gritó don Zorro.

No hubo que decirlo dos veces. Los animales estaban muertos de hambre, así es que cada cual se dedicó a dar buena cuenta de la comida que había preparado la zorra. Allí no se oía ni una mosca... Sólo el ruido de algún hueso al chascarse en las fauces de los hambrientos animales. Por fin, don Tejón se decidió a romper el silencio. Se puso en pie, alzó su copa y propuso un brindis:

«Brindemos», dijo el animal, «a la salud de un viejo amigo mío, el astuto zorrete, porque hoy... ¡nos ha salvado a todos la vida!».

«¡A la salud de don Zorro!», repitieron los animales, «¡por muchos años!».

Y levantaron sus copas para brindar por él.

Entonces se levantó doña Zorra, y con la voz tomada por la emoción, sólo supo decir:

«¡Yo también brindo por mi marido, que es más que un zorro... por algo le llaman el SUPER-ZORRO!»

Y todos los animales aplaudieron a rabiar.

Finalmente, se levantó el homenajeado don Zorro y empezó su discurso con estas palabras:

«Damas y caballeros: Esta magnífica cena que estáis sa...», pero no pudo continuar porque en aquel preciso momento hubo de soltar un colosal eructo, que se oyó por toda la sala... ¡Ya os podéis imaginar que las risas y los aplausos fueron atronadores! El Zorro empezó de nuevo: «Decía que esta magnífica cena que estáis saboreando, en realidad no me la debéis a mí, sino a la gentileza de los señores granjeros Benito, Buñuelo y Bufón» (Más risas y aplausos.) «Sólo deseo que la estéis disfrutando tanto como la estoy disfrutando yo», afirmó, soltando otro poderoso eructo.

«¡Ánimo, zorrete!», le dijo en voz baja el tejón. «¡No te preocupes... es mejor echarlo por arriba que por abajo!»

«Pero amigos», continuó don Zorro, con una amplia sonrisa, «creo que ya está bien de chistes... hemos de discutir ahora lo que vamos a hacer mañana. Tenemos varias soluciones. La primera: «que pasaría si saliéramos del túnel y nos asomáramos al campo?».

«¡Pim... pam... pum!», gritó un zorrito.

«Exacto», continuó su papá. «¿Hay alguien de vosotros que quiera salir? En realidad, ¿qué necesidad tenemos de salir, me lo queréis explicar? ¿No somos todos animales zapadores? ¿No podemos vivir perfectamente bajo tierra? ¿Para qué salir si afuera sólo hay enemigos? ¿Para qué salir si adentro tenemos cantidad de comida, las tres mejores despensas del mundo a nuestra disposición?»

«¡Es verdad!», decía el tejón. «¡Yo las he visto!»

«Yo os ofrezco a todos», continuó el zorro, «una vida nueva, una vida subterránea... ¡podréis quedaros todos a vivir aquí conmigo para siempre!».

«¡Para siempre!», repitió doña Coneja. «¿Has oído lo que dice, amor?», le preguntó a su marido. «¡Ya nunca volveremos a sentir miedo de que alguien nos dispare con una escopeta!»

«Formaremos», continuó en tono solemne el zorro, «una pequeña comunidad subterránea... un pueblo, con casas y con calles... en esta calle vivirán los señores Tejón... en esa, los Topo... en la de más allá, los señores Comadreja... el señor y la señora Conejo... la familia Zorro... Y cada mañana, un servidor de ustedes irá de compras... y cada tarde, nos reuniremos a comer las delicias que prepara mi señora... y viviremos felices... y comeremos perdices... o patos... o lo que sea».

Una gran ovación cerró el brillante discurso del zorro. Los animales aclamaban a su jefe.

18
La larga espera

Mientras tanto, en la boca del túnel, los granjeros Benito, Buñuelo y Bufón esperaban sentados, con las escopetas preparadas, junto a las tiendas de campaña. Empezó a llover. El agua les caía del techo de las tiendas, se les colaba por el pescuezo, les cosquilleaba la espalda y les llegaba hasta las plantas de los pies.

«¡No tardará mucho en salir!», dijo Buñuelo.

«¡Debe estar muerto de hambre!», aseguró Bufón.

«Hay que estar prevenidos, muchachos...», dijo Benito. «¡Está a punto de salir!»

Los tres granjeros, muy serios, esperaban sentados la salida del zorro... y esperaron... y esperaron... ¡y todavía esperan!

ÍNDICE

■ ESTE LIBRO SE TERMINÓ DE IMPRIMIR
EN LOS TALLERES GRÁFICOS DE RÓGAR,
S. A. NAVALCARNERO (MADRID), EN EL MES
DE ABRIL DE 1999, HABIÉNDOSE EMPLEADO,
TANTO EN INTERIORES COMO EN CUBIERTA,
PAPELES 100% RECICLADOS.